G. MAISONNEUVE

M. LE COMTE DE PARIS

25 centimes, avec un portrait.

TOULOUSE

DANS LES BUREAUX DE *L'UNION DU LANGUEDOC*

1, RUE SAINT-ROME, 1

PHOTOTYPIE   ANDRÉ QUINSAC   TOULOUSE

Philippe   Comte de Paris

G. MAISONNEUVE

M. LE COMTE DE PARIS

> La monarchie en France, c'est la maison royale de France, indissolublement unie à la nation.
>
> . . . .
>
> Pendant quatorze cents ans, seuls, entre tous les peuples de l'Europe, les Français ont toujours eu à leur tête des princes de leur nation et de leur sang.
>
> (Mgr LE COMTE DE CHAMBORD, *Manifeste du 25 octobre 1852.*)

TOULOUSE

DANS LES BUREAUX DE *L'UNION DU LANGUEDOC*

1, RUE SAINT-ROME, 1

Dans la retraite où il a vécu, maintenant dans sa magnifique
intégrité le principe monarchique, M. le comte de Chambord
avait acquis quelque chose supérieur à la popularité, je
veux dire la respectueuse estime des honnêtes gens de tous
les partis.

Par un étrange phénomène, ce prince que la tourmente
révolutionnaire arracha tout enfant au sol natal, que l'im-
mense majorité des Français n'a jamais vu, cet exilé qui n'a
franchi qu'une fois dans sa vie, et pour quelques heures, la
frontière qui le séparait du peuple qu'il aimait tant, ce
patriote qui n'a pris part à la vie nationale que par les
aspirations de son âme royale, était connu de la France
entière.

Sa personnalité dominait le tourbillon des célébrités
contemporaines; sa figure se détachait avec un relief puis-
sant aux milieu des illustrations du siècle.

Les plus ignorants des choses de la politique savaient, à
ne point s'y tromper, tout ce que son nom évoquait de gran-
deur morale et de loyauté de caractère.

Passionnément aimé de ses fidèles, discuté par un grand

nombre, haï par les ennemis du bien public, il ne fut un indifférent pour personne.

Sans doute, les qualités de M. le Comte de Chambord ont largement contribué à lui créer cette situation exceptionnelle qu'il partage peut-être avec un seul homme de notre temps, avec Pie IX.

Mais il faut reconnaître que pendant cinquante années ses partisans n'ont rien négligé pour nous initier à la connaissance presque intime de la vie du Prince. Dans ces derniers temps surtout, les récits des écrivains royalistes, les relations de pèlerinage à Frohsdorff, les portraits répandus dans la presse, les panégyriques multipliés dans les banquets et dans les conférences, la vulgarisation de ses traits par la photographie ou par la gravure, mirent l'opinion en communication avec celui que, seuls, des privilégiés pouvaient approcher.

La monarchie apparaissait alors environnée de nuages ou d'obstacles, mais la figure de son représentant se dégageait très nette et quasi familière.

On voit aujourd'hui beaucoup plus clairement la monarchie. Il semble que l'objectif soit rapproché. D'autre part, tout en ayant contre lui moins de préjugés que M. le Comte de Chambord, le chef actuel de la Maison de France est assurément moins connu de la foule.

Il importe de le faire connaître.

Les hommes ne veulent rien ignorer de l'existence de celui auquel ils doivent confier leur destinée. Les convictions politiques ne reposent pas uniquement sur un principe; le sentiment y a sa large part, et le dévouement à la meilleure des causes ne va pas sans un courant de sympathie pour le Prince qui la personnifie.

La France monarchiste montre chaque jour à quel point elle est avide de pénétrer la pensée de Monsieur le Comte de Paris. Rien de ce qui le touche ne laisse le public froid ou indifférent.

Combien de fois ne nous est-il pas arrivé, depuis trois

mois, d'entendre de braves gens, des royalistes de la veille ou de ceux qui sont tout prêts à se déclarer royalistes le lendemain, nous dire avec une naïveté d'expression qui atteste l'ardeur de leur curiosité :

— « Quel homme est-ce donc que M. le Comte de Paris ? »

Eh bien ! nous voulons essayer de répondre à cette question par quelques traits rapidement esquissés, avec la seule préoccupation de contribuer à l'affermissement de ce grand parti monarchique qui est la réserve de la France en péril.

***

Louis-Philippe-Albert d'Orléans, comte de Paris, est né sur les marches d'un trône.

Il faut rappeler que la naissance de l'enfant royal fut saluée dans le pays par les manifestations qui accueillent l'arrivée en ce monde de ceux auxquels leur destinée promet une couronne qu'elle ne leur donne pas toujours. Que de larmes et que de deuils parfois au déclin de ces joyeuses aurores !

La naissance du duc de Bordeaux avait été chantée par Victor Hugo, en des vers inoubliables ; celle de M. le Comte de Paris a inspiré aussi un de nos grands poètes.

Familier et commensal de Neuilly, Musset a immortalisé dans de belles strophes ailées la date du 24 août 1838 :

> Ce n'est qu'un fils de plus que le Ciel t'a donné.
> France, ouvre-lui tes bras, sans peur, sans flatterie !
> Soulève doucement ta mamelle meurtrie,
> Et verse en souriant, vieille mère patrie,
> Une goutte de lait à l'enfant nouveau-né !

Nous savons bien, hélas ! que malgré l'analogie des noms antiques, poète ne veut pas toujours dire prophète. Nous voulons cependant voir un présage de bon augure dans ces vers éloquents :

> De tant de jours de deuil, de crainte et d'espérance,
> De tant d'efforts perdus, de tant de maux soufferts,
> N'es-tu pas lasse enfin, pauvre terre de France,
> Et de tes vieux enfants l'éternelle inconstance
> Laissera-t-elle enfin le calme à l'Univers ?

L'enfant que célébrait ainsi l'auteur des *Nuits* n'a vécu que dix ans dans un palais royal.

Les jours heureux n'ont pas d'histoire. Le récit de l'enfance de M. le Comte de Paris, pendant le séjour aux Tuileries, pourrait tenir dans ces seuls mots, si la correspondance de M\ :superscript: la Duchesse d'Orléans ne nous initiait point à quelques détails charmants de ces premières années. Plusieurs lettres nous montrent « l'intérieur paisible » où *Paris* — c'est le nom que l'on donnait au petit prince dans l'intimité — « s'essayait à vivre et à penser. »

Cette mère, dont le charme s'exerça sur tous ceux qui la connurent et qui fut adorée de ses fils, écrivait entre autres choses touchantes :

« L'âme des enfants s'ouvre plus facilement quand nous « sommes seuls avec eux. Je tâche d'être le plus sou-« vent possible seule avec mon fils. Aujourd'hui, il s'endor-« mit dans mes bras. Je le couchai sur son lit, je lui rendis « mille petits soins. Vous eussiez dû voir comme il était « caressant et tendre. Oh ! que les mères bourgeoises sont « heureuses ! »

Le malheur ne devait point tarder à s'abattre sur une tête si frêle. On sait par quelle catastrophe inattendue le duc d'Orléans trouva la mort sur le chemin de la Révolte.

Les fils orphelins subissent avec une intensité plus profonde l'influence de la mère, et, dans la plupart des cas, cette influence est décisive.

Elle s'accusa chez M. le Comte de Paris dès les journées douloureuses de Février, qu'il traversa à côté de M\ :superscript: la Duchesse d'Orléans, partageant ses périls, ses impressions, et j'ose dire son courage.

Le récit du 24 février a été fait bien des fois. Les moindres détails sont présents à toutes les mémoires. A quoi bon rappeler ces souvenirs attristants, ces scènes où la main de Dieu apparaît visible, au milieu de l'affolement général, des défaillances fatales et des fautes irréparables.

... Les sévérités de l'histoire s'arrêtent devant ce groupe sacré d'une mère et de deux enfants affrontant l'émeute et la trahison, plus grands en ce moment que ne l'avait été le chef de la dynastie tombée pendant tout son règne, dignes à coup sûr de l'admiration et de la respectueuse pitié des adversaires eux-mêmes.

Puis ce fut l'exil — l'exil avec ses stations douloureuses à Bligny, à Pontoise, à Lille, à Ems et à Viviers.

On raconte qu'en entendant parler de franchir la frontière, le Comte de Paris s'écria, en se pressant contre sa mère : « Je ne veux pas sortir de France, je ne veux pas quitter mon pays ! »

L'absence devait durer vingt-deux ans !

*_**

L'exil est impie... mais il est le plus souvent fécond, comme toutes les grandes épreuves.

Le romancier de talent qui a commis ce manquement à la probité littéraire et cette injustice brillante qu'on appelle les *Rois en exil*, avait sous les yeux, dans l'histoire de son temps et de son pays, de glorieux exemples qui auraient dû le faire hésiter dans une entreprise déshonorante. Les princes de la Maison de France ont été aussi grands dans l'exil que le furent leurs aïeux sur le trône. Celui qui y est mort en avait fait le sanctuaire de la majesté royale. Les autres ont rehaussé leur infortune par la dignité de leur vie, et en employant noblement les loisirs créés par l'inconstance des peuples.

C'est à Eisenach que se passèrent les premiers moments de

la longue pérégrination que le| Comte de Paris allait entreprendre.

Là, quatre enfants faisaient leurs études, mêlant leurs conversations et leurs jeux sous le regard mélancolique de la Duchesse d'Orléans : le Comte de Paris, son frère le duc de Chartres et les deux fils de M. Régnier. Pendant l'été de 1849, la Duchesse conduisit les enfants à leur grand-père, retiré au château de Claremont, en Angleterre.

« Tout le monde à Claremont, dit un ami de la famille royale, fut frappé du changement qui s'était accompli chez *Paris* en moins de dix-huit mois. C'était encore un enfant heureusement ; mais un enfant déjà grave et réfléchi. »

La mère, fière de ses fils, écrivait à ce moment:

« J'ai la joie de voir une surprise générale à l'égard de mes
« enfants, de *Paris* surtout... tout le monde le trouve exces-
« sivement développé et tout le monde en jouit avec intérêt et
« joie. »

Les années d'exil comptent double. Les jeunes princes avaient grandi et l'heure des études sérieuses avait sonné. L'existence du Comte de Paris se partagea dès lors entre l'Allemagne et l'Angleterre. Les vacances étaient employées à des voyages d'instruction autant que de plaisir. Le Comte de Paris parcourut ainsi les ports, les grandes cités industrielles ou commerciales d'Angleterre, entra dans les ateliers et descendit dans les mines, s'intéressant déjà, comme il devait le faire plus tard avec une compétence souveraine, aux questions ouvrières. Il visita aussi presque toute la Confédération, et parvint à connaître à fond le pays qui devait jouer un si grand rôle en Europe.

Les oncles des Princes se chargeaient de leur éducation militaire. C'est dire à quelle école de bravoure ils auraient été élevés si le courage devait s'apprendre à des Bourbons et s'il n'était pas l'apanage constant de leur race.

C'est ainsi que le Comte de Paris atteignit sa vingtième année.

Un biographe de la maison d'Orléans, M. Ch. Yriarte, parle en ces termes de cette époque décisive :

« L'œuvre à laquelle la Duchesse d'Orléans avait dévoué sa vie était achevée ; son fils aîné était devenu un homme dans la plus haute acception du mot. Elle contemplait avec joie ce rare assemblage de qualités diverses, cette gravité douce, cette énergie contenue et maîtresse d'elle-même, cette rectitude de jugement et cette autorité naturelle qui, dès cette époque, commençaient à s'imposer (1). »

On trouve d'ailleurs dans la correspondance de la Duchesse un écho de ses impressions d'alors :

« Je ne puis m'expliquer le changement qui s'est fait à l'égard de *Paris*, disait-elle dans une lettre citée par Mme d'Harcourt, ce n'est plus moi qui le protège : *je me sens protégée* par lui. J'aime à lui voir une conscience séparée de la mienne ; quand il n'est pas du même avis que moi, j'en ai presque de la joie. *J'ose le dire, j'ai pour lui du respect !* »

Cette mère, à la fois si tendre et si noble, semblait n'avoir été conservée, au milieu des deuils successifs qui avaient frappé la maison d'Orléans, que pour achever l'éducation de ses fils.

Elle mourut le 18 mai 1858, après une courte maladie.

Alors commencèrent les grands voyages que devait couronner la vaillante expédition d'Amérique.

Le Comte de Paris visite avec son frère l'Egypte, la Terre-Sainte, le Sinaï, Constantinople et la Grèce.

Nous voudrions que le cadre de cette étude nous permît de reproduire une lettre que le Comte écrivit sur les bords du golfe de Patras, le 30 novembre 1859, à son ancien précepteur, M. Adolphe Regnier. On a pu dire avec justice que rarement étude faite sur nature par un artiste est arrivée à une égale vérité de ton. Toute la beauté de l'archipel incomparable s'y reflète avec un éclat merveilleux.

En Syrie, les nobles voyageurs rencontrèrent des scènes

(1) *Les Princes d'Orléans.* Paris, Plon, éditeur.

émouvantes et dramatiques. C'était au moment des massacres du Liban. Les impressions du Comte de Paris furent assez fortes pour l'engager à écrire le résultat de ses observations. Le volume parut à Londres en 1865; il est intitulé : *Damas et le Liban.*

Ce n'était certes pas l'inaction, et cependant les princes rêvaient pour leur activité un autre champ que les horizons toujours baignés de la grande lumière d'Orient.

Le duc de Chartres, qui avait déjà reçu en Italie le baptême du feu au bruit des canons français, gardait au fond de son âme la nostalgie des batailles. *Paris* était avide de connaître les viriles émotions de la vie du soldat. Ils partirent pour l'Amérique, où la guerre civile venait d'éclater, mettant en péril la Confédération des Etats-Unis, et en question le maintien ou l'abolition de l'esclavage. Point n'est besoin de dire qu'ils choisirent l'armée du Nord.

M. le Comte de Paris a raconté les péripéties de cette guerre. Dans son ouvrage, dont la publication n'est pas encore terminée et qui ne comptera pas moins, croyons-nous, de huit volumes, l'auguste historien n'a commis qu'une lacune : celle relative aux exploits des deux Français, aides de camp du général Mac-Clellan. Bien qu'attaché spécialement à l'état major général et chargé de voir l'ensemble des grandes batailles, le Comte de Paris eut, comme son frère *Chartres,* l'occasion de risquer sa vie dans des combats épisodiques, pendant les journées de York-Town, de Williamsburg et de Gaine's-Hill.

« A Gaine's-Hill, entre autres, dit un historien des guerres de l'Indépendance, lorsque les fédéraux pliaient devant les réserves confédérées qui entraient en ligne et déterminaient le gain de la journée, on vit Paris et Chartres se jeter tous deux dans la mêlée le sabre à la main pour arrêter le mouvement. »

Mais à quoi bon insister sur les témoignages d'une valeur placée au-dessus de tous les doutes. Ce n'est pas en vain, nous l'avons dit, que l'on a dans les veines du sang de Henri IV.

Brave en tant que Bourbon, M. le Comte de Paris doit l'être aussi comme descendant des princes d'Orléans, qui ont tous fait si vaillamment leur devoir sur les champs de bataille.

Il suffit encore aujourd'hui de nommer d'Aumale, Joinville, Nemours pour évoquer le souvenir de quelque glorieux fait d'armes.

Le Comte de Paris revint en Angleterre ; il ne rapportait pas seulement de son excursion en Amérique des souvenirs et des connaissances militaires dont devait s'enrichir l'histoire de la guerre de sécession. Il avait recueilli pendant son séjour aux Etats-Unis de précieux éléments sur les questions ouvrières et notamment sur l'industrie cotonnière, dont il suivit toutes les phases à Manchester pendant *la famine du coton*. Un article, paru dans la *Revue des Deux-Mondes*, sous la signature de Forcade, *la Semaine de Noël dans le Lancashire*, fut le fruit de ses observations attentives.

M. le Comte de Paris y prit dès lors un intérêt passionné.

Pendant que Chartres attendait une nouvelle occasion de reprendre l'épée, et languissait loin de la vie des camps qu'il aime sans partage, son frère aîné se plongeait dans l'étude des plus graves problèmes sociaux, compulsant les énormes documents du *Blue-Book*, parcourant les faubourgs de Manchester, interrogeait les ouvriers, se familiarisait avec l'organisation des *Trade's-Unions*, et les sujets les plus ardus, et consignait le résultat de ses recherches et de ses travaux dans un livre célèbre : *les Associations ouvrières en Angleterre*. Les conclusions de cet ouvrage, qui n'a peut-être que le défaut d'être l'œuvre d'un prince dans une société démocratique, peuvent paraître incomplètes à certains esprits ; mais le Comte de Paris avait la prétention d'étudier librement, sincèrement, la question et non celle de la résoudre. C'est une tâche à laquelle il pourra s'appliquer un jour avec une efficacité victorieuse.

Nous ne faisons pas à celui que le principe monarchique appelle à régner sur la France un titre de ses écrits (1), mais il nous plaît de reconnaître dans de semblables travaux les marques d'un esprit laborieux, investigateur, ouvert, et d'une âme soucieuse des véritables intérêts du peuple.

C'est en 1864 que se place le mariage de M. le Comte de Paris avec sa cousine germaine, la princesse Isabelle, fille du duc de Montpensier. Il est trop souvent dans la destinée des princes de sacrifier aux devoirs de la politique les préférences intimes ; il n'en fut pas ainsi pour le Comte de Paris, dont le choix fut déterminé par la plus tendre et la plus sérieuse des inclinations... On fit trêve aux longs voyages, et la demeure modeste de York-House abrita dès lors une vie pleine de calme et de douceur.

L'exil touchait à sa fin ; mais une suprême épreuve devait en marquer le terme.

M. le Comte de Paris eut la douleur de voir la France envahie sans qu'il lui fût permis·de se joindre à ceux qui s'armaient pour la défendre.

Ainsi qu'on l'écrivait naguère dans une notice consacrée à ces tristes souvenirs, « les sectaires incapables qui accueillaient avec empressement tous les aventuriers de l'Europe et tous les révolutionnaires cosmopolites, refusèrent à des Français, dont l'honneur et le patriotisme ne pouvait être mis en doute, le droit de combattre pour leur patrie. »

Ils n'empêchèrent pas du moins Robert le Fort d'inscrire

(1) Voici la liste complète des travaux de M. le Comte de Paris :

Dans la *Revue des Deux-Mondes* : *la Semaine de Noël dans le Lancashire*, signé Forcade, 1ᵉʳ février 1863. — *L'Allemagne nouvelle*, signé Forcade, 1ᵉʳ août 1867. — *L'Eglise d'Etat et l'Eglise libre en Irlande*, signé Raymond, 15 mai 1868. — *Damas et le Liban*, Londres, Jeffs, 1865. — *Les Associations ouvrières en Angleterre*. — *L'Esprit de conquête en 1870 (Courrier de la Gironde*, 26 décembre 1870).

une page glorieuse de plus dans les fastes de la Maison de France.

****

La loi d'abrogation votée par l'Assemblée nationale ouvrit enfin aux exilés les portes de la patrie. Le Comte revoit la France et Paris qu'il a quitté dans un jour de colère pour y rentrer dans un jour de deuil.

Le Prince appartient dès ce jour tout entier à son pays, dont il ne s'éloignera plus que pour de rapides voyages, accomplis avec une sorte de hâte de retrouver le sol natal dont sa destinée le tînt si longtemps éloigné.

Un de ces courts voyages a l'importance d'un grand événement historique — nous voulons parler de la démarche du 5 août 1873, qui réalisa ce que rêvaient depuis longtemps tant d'esprits honnêtes et de cœurs généreux, et qui, en réconciliant la vieille famille de nos rois sur la base d'une loyale reconnaissance du droit héréditaire, a scellé l'indissoluble union des royalistes français.

— « Sire, dit le Comte de Paris à son royal cousin, je viens
« faire à Votre Majesté une visite qui était dans mes vœux
« depuis longtemps ; je salue en vous, au nom de tous les
« membres de ma famille et en mon nom, non seulement le
« chef de notre Maison, mais encore le seul représentant du
« principe monarchique en France. »

Il y eut un court silence, puis le Prince ajouta :

« J'ai l'espoir qu'un jour viendra où la nation française
« comprendra que le salut est dans ce principe et qu'il n'est
« que là ! »

A ces mots, disent les récits du temps, Monsieur le Comte de Chambord se leva, les larmes aux yeux, et ouvrit ses bras à son cousin.

La France n'a pas hésité un seul instant à comprendre qu'à l'heure même où Monsieur le Comte de Paris saluait dans

Monsieur le Comte de Chambord son chef et son roi, celui-ci reconnaissait hautement le droit héréditaire de son cousin.

Monsieur le Comte de Chambord n'a jamais fait allusion aux événements de 1873 sans que sa parole ne confirmât implicitement cette opinion universellement acceptée.

Tel il apparut dans l'entrevue de Frohsdorff, sage, réfléchi, sincère et loyal, tel M. le Comte de Paris s'est constamment montré depuis, plaçant au-dessus de toutes les considérations l'accomplissement de son devoir de Français et d'héritier de la monarchie.

A ceux qui demandent à connaître le caractère du Prince qui est aujourd'hui le chef incontesté du parti monarchique, nous conseillons de peser la valeur de l'acte accompli le 5 août 1873 et d'apprécier les sentiments qui l'ont dicté.

Ce fait si considérable s'est éclairé d'une lumière plus vive, si c'est possible, dans les événements douloureux et récents qu'il est superflu de rappeler et plus inutile encore de commenter, dans la scène inoubliable de l'agonie, dans ces embrassements historiques qui ont si profondément ému les royalistes français.

Philippe d'Orléans, élevé à la rude école de l'exil, formé par de longs et nombreux voyages à la connaissance des peuples, préparé par des études incessantes et des méditations profondes à la haute mission qui lui est dévolue, possède les principales qualités que les Français aimaient à rencontrer autrefois chez ceux qui les gouvernent : le courage, la douceur, le sang-froid et la fermeté. Son extérieur exprime bien tout cela. Ceux qui ont eu l'honneur de l'approcher, le dépeignent de « haute taille, de tournure élégante et jeune, « d'allure noble et décidée ; le front est large et découvert, les « yeux très bleus brillent d'intelligence et de bonté ». Ils ajoutent que le sourire est doux et bienveillant, le regard profond et clair.

M. le Comte de Paris parle, dit-on, avec beaucoup de

facilité ; il écoute [aussi bien qu'il parle, ce qui est plus rare, il possède une mémoire remarquable, dans laquelle les faits et les noms se gravent instantanément. Il accueille volontiers tous les avis et n'en méprise aucun; mais nous croyons qu'il ne prendra conseil que de lui-même, lorsque l'heure de la décision sera venue.

Le prince est chrétien comme ceux de sa race, non pas seulement de nom, mais chrétien convaincu.

Il faut le dire et le répéter pour que l'on sache bien qu'il est digne, sur ce point comme sur les autres, de recueillir l'héritage si précieusement gardé en dépôt par M. le Comte de Chambord.

Un tel personnage mériterait par son jugement et par la droiture de son caractère de prendre une part prépondérante au gouvernement de son pays, si sa naissance ne le désignait point pour en diriger souverainement les destinées.

Comment la France n'appellerait-elle point de tous ses vœux l'avènement d'un prince qui peut « réparer ses ruines, panser ses plaies, la relever à ses propres yeux et à ceux de l'Europe (1). »

Et comment pourrait-elle douter que, connaissant son devoir et sa mission, ce prince puisse hésiter un seul instant à les remplir l'un et l'autre.

(1) M. Hervé.

Toulouse, imprimerie Douladoure-Privat, rue Saint-Rome, 39. — 6601